오래된 미래

이경애 시집

시음사
시사랑음악사랑

본문
시낭송
감상하기

QR코드　스마트폰으로 QR 코드를 스캔하면
시낭송을 감상할 수 있습니다

 제목 : 다솜 놀이
시낭송 : 박영애

 제목 : 그리다 뭉갠 그림 앞에서
시낭송 : 박영애

 제목 : 나쁜 명절
시낭송 : 박영애

 제목 : 로즈 데이
시낭송 : 박영애

 제목 : 나를 위해
시낭송 : 박영애

 제목 : 빨간 맛
시낭송 : 박영애

 제목 : 잔디꽃
시낭송 : 박영애

 제목 : 개구리 소년들의 애화
시낭송 : 박영애

 제목 : 배꼽시계
시낭송 : 박영애

 제목 : 오래된 미래
시낭송 : 박영애

 제목 : 묘한 감정
시낭송 : 이경애

 제목 : 측은지심(惻隱之心) 2
시낭송 : 이경애

 제목 : 멋있는 반칙
시낭송 : 박영애

 제목 : 어려운 대답
시낭송 : 박영애

 제목 : 감기
시낭송 : 이경애

 제목 : 11월의 정원
시낭송 : 김락호

 제목 : 키 작은 코스모스
시낭송 : 이경애

 제목 : 이제야
시낭송 : 이경애

 제목 : 모월 모일
시낭송 : 박영애

 제목 : 하중도의 봄
시낭송 : 박영애

시인은 자연을 이야기하고 시낭송가는 자연을 품었다
글자는 날개를 달아 언어로 날고 소리는 자연에 눕는다

시인의 말

어디서부터 잘못되었을까
어디서부터 고장이 난 걸까
어디에서부터
어떻게
잘 못 맞추어진 것일까

차라리
잘못 짠 털옷이라면
한 올 한 올 다시 풀어
고쳐 짜 보기라도 하지

그럼 바라보는 눈이
이토록
안타까워 하지는 않았을 것을.

– 측은지심 (1) –

2023년 봄 초입에
시인 이경애

* 목차

비를 기다리는 나무

금세라도 울컥하며
한 차례의 눈물을
쏟아낼 것 같은 하늘이
아직은
감정을 조절하고 있나 봐요

하늘아!
슬플 땐 우는 거야

그 눈물
내가 다 받아줄게.

비를 기다리는 나무

이경애

금세라도
울컥 하며
한 차례의
눈물을
쏟아 낼것 같은
하늘이

아직은 감정을
조절하고
있나 봐요

하늘아~
슬플 때면
우는거야

그 눈물
내가 다 받아줄께

다솜 놀이

방하아비 방하아비야 아칫아칫
살살이꽃 위에서
디딜방아 찧어가며
가시버시 놀이하면 좋겠다

방하아비 방하아비야
가녀린 나를 업고
라온하제 올 때까지
다붓다붓하게 한 살매 놀았으면 좋겠다

바람 따라 타타타 날아가서
흐놀다 흐놀다에 야다하면
무릎이 까지도록 너를 쫓아가겠다

불그스레 노을이 물들면
서걱서걱 소맷자락에 숨어들어
다솜놀이에 숯등걸 될 때까지
므니 므니 입맞춤에
닙니피 다 잠들 때까지 다솜 놀이 했으면 좋겠다.

제목 : 다솜 놀이
시낭송 : 박영애
스마트폰으로 QR 코드를 스캔하면
시낭송을 감상할 수 있습니다

사랑방 손님

봄을 캐러 가요
사랑을 심으러 가요

내 영혼에 머물고 계시는
사랑방 손님과 함께
봄나들이 떠나요

이 봄은
특별한 봄이기를

이 봄은
더 예쁜 봄이기를

이 봄은
생애 가장 아름다운 봄이기를

사랑방 손님에게 선물로 드려요.

고향의 봄

봄 중의 최고의 봄은 누가 뭐라 하여도
고향이 봄인듯합니다

고향 어귀에 들어서면
어릴 적 코끝에 베어 물든 때 묻은 향취들이 살아나
기억은 희미하여도 감각들이 본능을 깨웁니다

고향은
삶에 지쳐있는 나를 언제나 반겨줍니다

아직도 꺼내놓지 못한
내 소중한 보물들이 너무도 많고
그동안 잊고 지냈던 동무들은
약속이라도 한 듯 다 모여듭니다

딱지치기하던 앞집 석이도
소꿉놀이하던 옆집 경이도
해가 지도록 그 자리에 주저앉아 놀고 있습니다

고향의 봄은 왜 이렇게 좋은지
하루하루가 다 봄날이었으면 좋겠습니다.

영혼의 쉼

버드나무 가지 사이사이로
노란 잎들이 새콤달콤 물들어
갓 시집온 새색시 옷고름 날리듯
수줍게 나풀거리는 듯하다

옷고름이 나풀거릴 때마다
은빛 속살들은 가을 태양에 더욱 반짝거린다

바람의 손길에 나뭇잎을 간지럽히면
앉을 자리를 정하지도 못한 채
맥없이 하나둘씩 땅 위에 널브러져 버린다

흘러가는 생각을 잠시 멈추니
피곤한 두 눈 잠시나마 쉬어가도록
크신 주가 나에게 준 선물
영혼을 소생케 하는 쉼 같은 것이었다.

4월에 꾸는 꿈

먼 산에 진달래꽃이 활짝 피면
진달래 한 움큼 따다가 화전을 구워
두견주를 사이에 두고
못다 나눈 정을 나누고 싶었다

양지바른 언덕 마른 잔디 사이사이에
고개 내민 키 자란 쑥들과
논두렁 밭두렁 고랑 고랑 다니며
힘차게 올라오는 뿌리 튼실한 냉이도
함께 캐고 싶었다

언 땅 녹아 푸석푸석해진 산기슭에 쪼그려 앉아
다리가 저리면 콧잔등에 침 묻혀가며
씀바귀 실달래를 캐면서
눈과 마음을 즐겁게 해 주고 싶었다

봄 향기로 가득 차려
이밥 한 수저에 사랑 한 젓가락 올려
그대 앞에서만큼은 조금 내숭스러움으로
여자가 되고 싶었다.

가감산

적어도 그런 셈은 하지 말자

나랑 친분이 있다고 하여
무조건 더하여 주며
나랑 맞지 않는다고 하여
무조건 빼어버리는
그런 미성숙하고 이기적인
셈은 하지 말자

조금 손해 보는 듯하여도
더하여 줄 수 있으며
콩 한 쪽이라도 반을 잘라
나누어 줄 수 있는
마음이 넓고 여유가 있는 넉넉함

가감산 공식을 통하여
인생 2막을 다시 연산해 본다.

제8요일

우리는 똑같은 날 똑같은 시간에 태어난
쌍둥이랍니다

일분일초도 틀리지 않고
세상 밖으로 쏙 빠져나온
영원히 함께할 그런 쌍둥이

쌍둥이로 태어나 좋긴 한데
동생이 아파서 속상합니다

태어나는 순간부터 지금까지
나는 동생을 도와줍니다
얼굴도 씻겨주고 양치도 해주고
옷도 입혀줍니다

"형 이다음에 천국에서는 형이 쉬어
그때는 내가 다 해줄게"

신이 제8요일을 주신다면
그때는 서로 다르지 않은 온전한 몸으로
오른쪽 왼쪽 똑같이 움직여 보았으면 좋겠습니다.

삼세판

이제는 아무리 유혹하여도
새로운 노래를 연주하진 않을 것이다

그 연주 한번 실수로 족하고
두 번 실패했으면 경험이 되었고
세 번 낭패 보았으면 미련 따위는 없다

이제 삼세판은 끝났다
남아있는 작은 것일지라도
마무리만 잘할 수 있도록 최선을 다해 보자

좀 어설프고 밋밋하며 설렘이 부족해도
적어도 마음 다치는 일은 없을 것이다.

끄덕끄덕

'후'하고 불면 시원해지고
호 하고 불면 따뜻해진다

'ㅣ'는 그저
중앙선 하나 넘었을 뿐인데
전혀 다른 글자와 느낌이다

내 마음이 답답하면 '후'하고 길게 불어주고
친구가 아프다고 하면 '호' 하며 길게 불어주자
내 마음은 시원해야 하고
친구의 마음은 따뜻해야 하니까

오늘도 '후' 불고 '호' 불어
만나는 모든 사람에게
미소를 전해주는 좋은 사람이 되자.

참회록

다시 한 번의 기회가 주어진다면
그때 그 순간을 반복하고 싶진 않았습니다

온 가슴을 다해 사랑하겠노라 간절한 기도에
다시 한 번의 기회는 받았으나
교만하고 어리석은 탓에
골방의 기도문을 망각해 버렸습니다

반복과 연속성으로 물든 죄와 본성들
보고 듣기만 하여도 물들어버리는 구습들이
그림자처럼 딱 붙어서
침묵 속에 어도(御道)를 흉내 내며 살아가고 있습니다

그래서 오늘은 더 미안하고 가슴 아려와
참회의 기도를 올려드립니다.

그리다 뭉갠 그림 앞에서

시간이 흐르면 흐를수록
세월 속에서 더 숙성돼 가는
그리움 한 조각
어제도 오늘도 내 안에서
끊임없는 숨바꼭질을 해댑니다

찾았다 싶어 잡으려면 숨어버리고
보인다 싶어 쫓아가면
뿌연 연기처럼 이내 흩어지고 맙니다

이제 봄
내 마음의 뜰에는 온통 봄 향기로 가득한데
임의 뜰에도 봄이 왔을까요?

그리움에 지쳐 젖어버린 추억들

붓끝은 오늘도 그리다 뭉갠 그림 앞에서
끝없는 방황을 합니다.

제목 : 그리다 뭉갠 그림 앞에서
시낭송 : 박영애
스마트폰으로 QR 코드를 스캔하면
시낭송을 감상할 수 있습니다

출근길

가로수 히야시스는
멋스러운 자태를 지닌 중년을 닮았다

차창 밖에 떡하니 서 있는 그를 보니
나도 몰래 심장이 두근거린다

미세한 틈 사이로
은은하게 비집고 들어오는 스킨의 향기는
꿈을 꾸듯 황홀함에 젖어 필름처럼 돌아간다

어느새 단단하게 다져진 넓은 가슴에 안겨
꿈속에서 헤맨다

빵빵대는 소리에 화들짝 놀라 정신을 차리니
나도 모르게 깜빡 졸았나 보다

어느 이른 출근길
아직 나에게도 이런 감정이 있었구나
괜스레 볼 빨개지며 회심의 페달을 밟는다.

밀당 (1)

꽃과 비가 밀당을 하네요

꽃이 말해요
조금만 아주 조금만 더

비가 말해요
요만큼이면 되겠니

꽃이 말해요
아니 조금만 더 앙탈을 부려요

비가 말해요
어제도 오늘도 계속 줬잖아

꽃이 말해요
아니 이제 조금만 더 주면
만개할 수 있을 것 같아

비가 말해요
너무 과하면 어렵게 피워낸 꽃잎
오래 머무를 수 없단다

꽃과 비는 주거니 받거니 하며
이 밤도 쉬지 않고 밀당을 하네요.

밀당 (2)

얼마나 자랐는지
손 벌려 재어보니
한 뼘 그대로이다

얼마나 더 자랐는지
손 벌려 또 재어보니
여전히 그대로이다

더 자라지도 멈춰 서지도 못하는
너와 나 우리는

지금 밀고 당기는 중이다.

내 마음의 거리

눈에서 멀어지면
마음에서도 멀어진대
그래서 너를
내 눈에서 최대한 먼 곳에 두려고

그래야
내 마음에서도
너란 존재는 가장 멀어질 테니.

내 마음의 거리

이경애

눈에서 멀어지면
마음도 멀어진다
그래서 너를
내 눈에서 최대한
먼 곳에 두려고

그래야
내 마음에서도
너란 존재는
가능한 나에게서
가장 멀어질테니

낙화(落花)

어제까지 해도 정녕 탐스러운
아름드리 꽃이더니
비 내리는 아침 창을 열고 나가 보니
길바닥에 널브러져
구걸하는 거지 꽃이 되었네요

그렇다고 꽃이여 슬퍼하지는 마요

그대를 위한 천 일의 햇살과
바람이 한 일을 알기에
그래도 꽃이라 이름 부르겠어요.

아픈 명절

밤새 추적추적 내리는 비는
퇴색되어 버린 그리움이 되어
올 수도 갈 수도 없는 사연들을
담쟁이 소나무 휘감듯 감아 내린다

구구절절한 사연들이 툭툭 떨어지니
토실토실했던 대지가 천연두 흔적처럼 남는다

중추절을 담고 있는 9월 달력은
봉사자 금지라는 암호를 담고 있는 듯
가끔 찾아오는 이들의 발길도 끊어 버린다

고향 방문 소개하는 뉴스가 시간대별로 방영되니
엄마 아빠 가족들이 문득 보고 싶고 그리워진다
오랫동안 불러보지 않았던 이름들이기에
처음 먹어보는 음식처럼
말문은 쉽게 열리지 않는다

가만히 두어도 외로운 낭만 천사들
명절은 공평성 없는 가혹한 체벌이다

옷깃만 스쳐 가도 생기는 상처로
명절날은 그 이름만으로도 가슴이 아려온다.

제목 : 나쁜 명절
시낭송 : 박영애
스마트폰으로 QR 코드를 스캔하면
시낭송을 감상할 수 있습니다

그 꽃

그 꽃에 손대지 말라

아무도 그 꽃을
함부로 대할 자격은 없다

너무도 짧은 시간
가지고 가야 할 것보다는
내려놓아야 할 것이 더 많음을
꽃은 너무 일찍 알아 버렸다

홀로 견뎌 내고 이겨내야 했거늘
누가 입김으로 불어서 흩어버렸는가

그 꽃은
존재만으로도 서럽게 날아가 버렸다.

너도 나처럼

곱게 물들어 떨어진 낙엽
초점 흐리게 바라보다 주웠다

무언가를 써야만 할 것 같은 생각에
흘러간 시간 속에 희미해져 버린
아련한 너의 이름을 적어본다

어디선가 그리움으로 얼룩져 있을 너에게
더 선명한 그리움을 담아서
너도 나처럼 내 이름을 기억해 주면 좋겠다.

그리 아니 하실지라도

높낮이 없는 목소리
가까이 있지 않아도
낯빛이 슬퍼 보입니다

입안에 혀처럼 굴던 사탕발림은
바람 든 무처럼
퍽퍽하기만 합니다

단어를 이어가지 못하고
뚝뚝 끊어지는 스피크 바람 소리는
멀리 있어도 귓전이 시립니다

수년간
부족한 시간을 쪼개고 나누며 열애하느라
많이도 고생하셨습니다

이제 괜찮습니다
그리 아니할지라도 사랑합니다.

복이 여기까지

조그마한 것부터 큰 것까지
고뇌하고 생각한다고
네 복이 아닌 것이 네 복이 되겠느냐

밤새 피 말리며 머리 싸매고 쥐어짜 본들
몸만 상할 뿐 네게로 오겠느냐

그저 한번 왔다가는 인생
입에 풀칠하고 살면 되었고
사시사철 마음 편히 누울 수 있으면 된 거지

거리마다 낙엽이 쌓여
녹지 못해 바람에 쓸려간다

그래! 너희도 복이 여기까지인 거지.

강아지풀 (1)

인도(人道) 블록 갓길 포플러 나무 아래
홀로 자라난 강아지풀

두세 마디 자란 가냘픈 몸짓으로
무얼 생각하고 있을까?

세차게 달려가다 매연 뿜어내어도
그저 허허허 너털웃음만 짓는다

땅 넓고 공기 좋은 곳도 많을진대
하필이면 땅도 길도 아닌 이곳에
뿌리를 내렸을까?

선택의 자유가 없는 목마름이여!
바람결에 꼬리 흔들며 신세타령 부른다.

강아지풀 (2)

산모퉁이 넙적 바위 사이에
가을 소풍 나온 강아지풀

복실이 꼬리를 닮아서
강아지풀이라 하였나

손 내밀어 쫑쫑하며 부르니
수줍은 듯 꼬리를 살랑살랑 흔든다

갈바람에 복실이 꼬리 실룩실룩
씨앗들은 놀라서 후드득 떨어진다.

18번 버스와 청년

청년은
험한 세상 구석지고 외진 곳에
힘들고 아프게 왔다가
한해살이 야생화처럼
잠시 머물다 가버렸다

숫자를 핑계 삼아 18, 18, 18이라고
입버릇처럼 늘 토해내더니
어느 날 18번 버스와 함께
유유히 사라져 버렸다.

내 안에 절대 삭지 않는

장독에 풋감을 넣어서
소금 한 수저만 휘휘 저어도
이내 삭아버리는데

마음속에 있는 것은 도대체 무엇이길래
소금 한 줌을 씹어 삼키고
간장을 블랙커피 마시듯 하여도
절대 삭지 않는다

배추에 소금 치듯 뿌려도 펄펄 살아나고
간장을 붓고 돌을 올려놓아도
옆으로 비집고 나와 또 살아난다

내 안에 절대 삭지 않는 그 무엇이
도대체 무엇이길래
바닷물을 다 퍼마신다고 하여도
삭아지기는 할까?

봄이 오는 길목에서

겨우내 언 땅 나뭇가지 가지마다
살포시 봄이 내려앉는다

눈 꽃송이 한두 송이 내려앉아
하얀 세상 만들듯
봄이 하나둘씩 내려앉아
꽃 천지 만들어 간다

봄이 오는 길목에서
봄 닮은 사랑 하나
헛헛한 내 마음에
내려앉아 주면 좋겠다.

로즈 데이

보고 싶어서 너에게 달려왔다고
말하지 못했다

아파하는 너의 마음
말하지 않아도 다 보였기에
밤새 속울음을 울어
마음이 퉁퉁 부어 있음도 보인다

구름 속에서도 구름이 흘러가고
물속에서도 물이 흘러가고 있음같이
너의 아픔 속에 시간은 마냥 흘러
언젠가는 자연 속에 희석되겠지

그러니 너무 괴로워하지 말고
가는 세월과 시간에 맡겨
그날을 위해 슬픈 노래라도 즐겁게 부르자

장미꽃 그윽한 향기로
온통 물들어 충만한 5월
꽃다발 가득 안고
아이처럼 기뻐하며 돌아설 때
꽃보다 네가 훨씬 더 아름답더라.

제목 : 로즈데이
시낭송 : 박영애
스마트폰으로 QR 코드를 스캔하면
시낭송을 감상할 수 있습니다

나를 위해

새치가 늘면 늘수록
인생의 종착역도 가까워지겠지

염색하다 문득 떠오른 생각
며칠 지나면 밑동이
하얗게 또 드러날 텐데
누굴 위해 눈 따갑고 고약한
암모니아 짙은 염색약을 바르는 걸까

이 또한 삶이기에
덧없는 인생을 꺾을 수 없어
오로지 나를 위해 산다.

 제목 : 나를 위해
시낭송 : 박영애
스마트폰으로 QR 코드를 스캔하면
시낭송을 감상할 수 있습니다

눈물 참는 법

꼭지 고장 난 수도처럼
눈물이 울컥하고 쏟아질 때

물 한 모금 물고 하늘을 쳐다보는
병아리처럼 되어보자

속상한 마음
세상에서 가장 큰 사랑 앞에 내려놓고
위로를 구해보자

결국 눈물은
눈으로 참는 것이 아니라
마음으로 참는 것이더라.

계절 이야기

겨울 얼음꽃씨
뽀드득뽀드득 자라서
봄이 되었고

그 봄
파릇파릇 자라서
여름이 되었고

그 여름
파랗게 자라서 물들어
가을이 되었습니다

이 가을
알록달록 물들면
겨울이 되어 감을
그대는 아시나요.

계절이야기

이경애

겨울 얼음꽃씨
뽀드득 뽀드득
자라서
봄이 되었고
그 봄
파릇 파릇
자라서
여름이 되었고
그 여름
파랗게, 파랗게
물들어
가을이 되었습니다─
이 가을
알록달록
물들면
겨울이 되어감을
그대는
아시나요

뿌리 꽃

꽃을 피운다는 것은
땅속에서 뿌리가 굳건한 생명력으로
맹추위와 싸워 버텨주었기에
아름다운 꽃을 피울 수 있다

결국 꽃이 핀다는 것은
뿌리가 꽃을 피웠기에
어떤 수많은 사연 속에서도
그렇게 그렇게 견딜 수가 있나 보다.

발성 연습

봄비가 우리 집 네모 화단에
도하고 내린다

봄비가 졸고 있는 포플러 가지 위에
미하고 내린다

봄비가 물오른 라일락 꽃봉오리에
솔 하고 내린다

봄비가 활짝 핀 꽃잎 위에
높음 도 만개하였다

땅속 꿈틀거리는 씨앗 하나하나
촉이 나고 싹틔울 때까지
도시라솔파미레 도미솔미도

봄비는 발성 연습을 계속한다.

맛없는 봄

냉이를 캐오고 쑥을 뜯어 와도
마스크로 코와 입을 막아버린 까닭에
구미가 당기지 않는다

거리 곳곳에는
진달래며 벚꽃이며 망울 터트려
온통 꽃물결 치는데
봄바람으로 갖은양념을 쳐대도
감칠맛이 전혀 없다

신종코로나로 인해
눈으로만 보아야 하는 봄

참 맛없는 봄이다.

이방 양아치

한반도를 정탐하러 온 이방 양아치들
이기적이고 허술한 긴장감을 뚫고
하루가 바쁘게 곳곳을 누비며 다닌다

어제는 도심 한 줄을
오늘은 공기 좋은 산골을
내일은 어디로 또 숨어 들어갈까

보이지 않게 빠르게 움직이는 그들이
사랑하는 사람을 체포해 갈까 두렵게 하고
산소호흡기에 주삿바늘 주렁주렁 꽂은 채
수액 뚝뚝 떨어지는 병실에서 호흡을 두렵게 한다

오늘따라 뭔 생각 하나
민들레 갓털마저도 코로나19 바이러스 닮은 듯하여
두려움은 내 견고한 믿음을 흔든다.

후회

나의 첫 번째 후회는
너를 만난 것이고

나의 두 번째 후회는
너에게 정을 준 것이고

나의 세 번째 후회는
너에게 연민을 느낀 것이다

그리고
나의 가장 큰 후회는
어느 추운 날 아침
초라해진 너의 모습을 외면한
출근길이었다.

불꽃

해마다 겨울이 오면
도시 밤하늘의 별들은
땅 위에 내려앉아 불꽃 만개 이룬다

청라언덕에 높이 솟은 종탑에도
2.28 공원 제야를 둘러싼 가로수에도
형형색색의 불꽃을 곱게 피워낸다

불꽃 구경에
아이들도 연인들도 추위를 잊은 채
활짝 웃는 봄날이다

우리가 더불어 사는 저 강변에도
불꽃으로 수놓아주면
하얀 웃음이 더욱 밝아지겠지.

빨간 맛

인생의 단맛이 그때였다면
쓴맛은 지금일까

친숙하지 않고 어색하기만 한
자연스럽게 넘어가 버린 앞자리 수
낯설기만 하다

지구는 한 치의 오차도 없이 돌고 있고
매일 반복되는 낮과 밤도 달라지는 게 없는데

나이의 앞자리 숫자가 바뀌어버린 탓에
익어가는 젊음이 괜스레 침울하여
저물어가는 노을 바라보며 빨간 맛을 느낀다.

제목 : 빨간 맛
시낭송 : 박영애
스마트폰으로 QR 코드를 스캔하면
시낭송을 감상할 수 있습니다

잔디꽃

시시콜콜 덜떨어진 질문에
잡다한 안부 연신 물어댄다

해맑은 인기척에 반가워하며
손끝은 더 수다스러워진다

성가신 듯 이모티콘 날리면
평정 찾으려 애써 추슬러보지만
푼수 같은 자존심이 확 떨어진다

비 내리는 날에는 우산이 되어주고
바람 부는 날에는 해님과 달님 되어
따습게 조명해 주고 싶다

죽어서도 자랑이고픈 결말을 짓고
무덤가에 늘 푸른 잔디 되어
영원히 피고 지며 살았으면 좋겠다.

제목 : 잔디꽃
시낭송 : 박영애
스마트폰으로 QR 코드를 스캔하면
시낭송을 감상할 수 있습니다

회상 (1)

그리 길지 않은 인연임에도
그리워하며 목을 뺍니다

살뜰하게 대해준 적 없고
두 눈이 마주치기라도 하면 심쿵해
숨 조이게 한 사람이었지만
그래도 그 사람을 그리워해 봅니다

해가 뜨면 잘 잤는지 궁금하고
때가 되면 식사는 했는지 궁금하고
밤이 되면 하루를 잘 보냈는지 궁금하고
새벽이 밝아오면
밤새 안녕하였는지 궁금해집니다

미소가 궁금하고
목소리가 궁금하고
하루 내내 궁금합니다

그런 그는 이런 내가 궁금한지
차츰 희미해져 가는 추억을 회상하며
안부를 물어봅니다.

회상 (2)

연보랏빛 반코트 새하얀 양털 옷깃
검은 니트 주름치마 그녀의 웃음소리를
더 이상 보지도 듣지도 못하겠지

공허(空虛) 함이 실 떨어진 연이 되어
고독한 외로움으로
이제는 빈 항아리만 울리겠지

밤새 소리 없이 내려
하얗게 쌓이는 눈 같은 시는
나에게 가장 포상(褒賞)할 수 있는
위안물(慰安物)이 될 것이다.

워킹맘의 비애

출근한 지 한 시간
엄마 일 가지 말라며 함께 있자던
아들 얼굴이 눈앞에서 아른거린다

두어 시간 지나 한숨 돌리고 나니
혼자 있기 싫다며 울던 아들
눈가가 아프게 젖어온다

퇴근하기 한 시간 전
차 세우라고 소리 질러 대던 아들 녀석
룸미러에 점점 가까이 보인다

칼퇴근에 허둥대며 달려왔으나
아들은 부재중이다

밤새 엄마가 고파서 울다 잠든
허기진 이불 뒤집어쓰고
1544 콜렉트콜 기다리며 선잠 든다.

11월의 첫날에

11월의 첫날
삼중 숫자 1이 나란히 세 개
숨겨진 의미가 있을 듯하여 검색해 본다

뭔가 뜻을 찾아 부각해 보려고
퍼즐 조각처럼 맞추어 보지만
연관되며 다가오는 고리는 없다

삼중 숫자 1
왠지 좋은 일이 생겼으면 하고
주문을 걸어본다

좋은 일이 생겨라
로또가 되어라
대박 나 버려라

삼중 숫자 나란히 옆으로 눕히니
엽기토끼 되어 버렸다.

사전 답사

돌아갈 수도 피해 갈 수도 없는
소문으로 들어보았던 터널 앞에 서 있다

심장 조여 오는 두려움뿐
느낌도 감정도 없다

낯빛 또래인 사람들
터널 안으로 진입한다

두근대는 심장에 심호흡해대며
한숨으로 달래어 차분하게 잡아본다

이 터널을 통과해야만
다음 미션을 받는다지

그래 아직은 때가 아니라고 스스로 위로하며
다가올 갱년기 사전 답사라 해두자.

명품 연기자

억지웃음으로 연기할 수 있는
무대가 하나 있으니
스마트폰이 소형 스크린이다

다섯 줄 자판으로 감정을 숨긴 채
해 맑게 이모티콘 날려대며
대답도 할 수 있게 해준다

스마트폰은
오늘도 여전히 우리들을
이 시대 최고의 명품 연기자로 만들어준다.

미지수

사랑한다고 다 말할 수 없고
그립다고도 다 말할 수 없다

때로는 그 사랑
마음의 밀실에 가두어
고스란히 빗장을 걸어야 한다

그리움 또한 다 말할 수 없어
가슴속에 고스란히 묻은 채
덧없이 기다려야 한다

앞으로 어떻게 해야 할지
전혀 속셈 알 수 없기에
미지수로 남겨두기로 하였다.

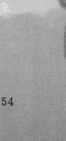

미지수

이경애

사랑한다고
다 말할 수 없고
그립다고 다 말할 수 없다

때론 그 사랑
마음의 밀실에 가득히
고스란히 묻어다 하느니

그리움 또한
가슴속에 고스란히 묻은 채
다시 재회할 그 날을 위하

덧없이 기다려야 함을

갈등

처음 만나는 그 순간부터
헤어지는 날까지
짬뽕을 먹을 것인가
자장면을 먹을 것인가를 갈등했었다

짬뽕을 주문해서 먹은 날은
자장면을 먹을 걸 그랬나 싶었고
자장면을 주문해서 먹은 날은
짬뽕을 먹을 걸 그랬나 싶었다

그래서 이젠
이런 갈등하기 싫어
짬짜면을 주문하기로 했다

그런데 이제는
짬짜면을 누구랑 먹을까를
갈등하고 있는 나를 본다.

내일

선생님 내일 와요
네 내일 옵니다

선생님 내일 와요
네 내일 옵니다

이들에게 내일은 어떤 의미이길래
내일 오냐고 이토록 물어볼까요

그냥 짐작건대
이들이 물어보는 내일은
아마도 해 뜨는 내일이 아닌
기다림을 묻는 것 같습니다

'네' 내일이 없어지지 않는 한
내일은 언제나 오고 내일은 옵니다
내일 만나요.

시월드

신나는 것도 재미있는 일도 전혀 없는데
남편은 자꾸만 시월드 가자며 보챈다

오늘도 남편의 등쌀에 못 이겨
시월드로 향했다

입장료도 무료
식사도 무료
아이들도 뚝 떼 돌봐주신다

남편은 밥 달라고 보채지도 않고
아예 찾지도 않는다

물심부름도 엄마
커피 심부름도 엄마
아이들도 할머니 쉬, 할머니 응가
할머니 뒤만 졸졸 따라다닌다

그런데도 몸과 마음은
지친 모드 로딩 중이다

시월드만 다녀오면 몸살 난 암탉처럼
눈동자가 흐리멍텅해진다.

이렇게 한 계절이 또 흘러간다

월급 받으면 맛있는 거 사주겠다며
한마디 남기고 가버린 사람

그때 한 약속은 세월이 흘러도
절대 흐려지지 않는다

지키지 못할 약속이란 걸 미리 알았더라면
귀담아듣지는 않았을 것을

지금 집 앞이라고 연락이 오면
언제든지 뛰쳐나갈 수 있게
외출 채비는 되어있는데
그 사람은 이제 여기 없다

이렇게 한 계절이 또 흘러간다.

이런 반전

만약에 창조주가 제2의 창조를 꿈꾼다면
그때는 반전이 되어보기를

꽃이 벌이 되고
벌이 꽃이 되고

수컷이 암컷이 되고
암컷이 수컷이 되고

달이 해가 되고
해가 달이 되고

네가 내가 되고
내가 네가 되어보면 어떨까?

때로는 한 번쯤
이런 반전
어처구니없이 꿈꾸어본다.

메세지

1.
외나무다리를 건넜다
나밖에 없다
아니 아무도 만나지 못했다

원수는 외나무다리에서 만난다고 했는데
원수가 없단 말인가
그럼 내 마음을 힘들게 하는 사람은
도대체 누구일까?

2.
외나무다리를 건넜다
아무도 없다

아니
외나무다리에는 나밖에 없다

그러면 원수가 바로 나?

나를 힘들게 하는 사람도 나?

그럴 수도 있겠다

결국 나를 사랑하라는....

사랑덩어리

아침에 눈을 떴을 때
너의 두 눈과 얼굴을 마주함이
행복하다

너의 뽀얀 속살
부드럽고 촉촉한 피부
내 심장을 흥분케 하는 숨결은
머리끝부터 발끝까지
두 점을 순화시킨다

눈코 이마를 입 맞추고
턱과 볼을 입 맞추고
입술을 길게 입 맞추면
나의 혈관은 온통
늘어진 엿가락이 된다

아! 너는 나의 달콤한 솜사탕
내 정신을 혼미케 하는 사랑 덩어리

온종일 입맞춤하여도
너를 향한 사랑은 날마다 허기진다.

시(詩) 밥

매일매일 밥을 먹듯
매일매일 숨을 쉬듯
매일매일 공기를 마시듯
시란 내 영혼의 밥상이었어

굶지 않을 만큼 만지어서
배고프지 않을 만큼만 먹고
되새김질하곤 하지

때론 영양 결핍될 때는
이집 저집 맛집을 찾아다니며
외식을 하기도 해

그러다가 단골집도 생기고
함께 시 밥 한 상 가득 나누고 싶은
친구들도 보이더라

시 밥 지어 먹고사는 사람들은 알지
시 밥 속에 숨어있는 숙성된 깊은
그 영혼의 손맛.

달팽이의 꿈

내 등에 짐짝이 없었더라면
나도 너희들처럼
빨리 기어갈 수 있었겠지

차라리 기는 것보다
구르는 걸 익혔더라면
느리다고 놀려대지는 않았겠지

나에게 느리다고 말하지 말아 줄래
기는 것도 마음처럼 안 되는 걸 어떡해

같음의 마음은 입장 같은 이들이
제일 잘 알 거라 생각했었다
그러나 큰 오산
간발의 차이가 벽처럼 있었다

단 하루만 내 입장이 되어본다면
등에 짐짝이 신기하다 놀려대지는 않았을 것이다

시나리오의 주인공이 나라면
내가 도착하기 전에 절대 엔딩은 없을 것이다
그러니 늦더라도 기다려 줘

불편한 진실 하나를 정말로 고백한다면
실은 나도 기어가는 게 아닌
똑바로 걷고 싶은 소망만 늘 기도했었다.

체면걸기

처음부터 끼어들기 하려고 운전하는 사람은 없겠지
어쩌다 보니
끼어들 수밖에 없는 상황이어서 끼어드는 것이지

만남도 이별을 목적으로 두고 만나지는 않는다
어쩌다 보니
이별할 수밖에 없는 상황이어서
이별을 하는 것이지

뜻 없는 이유에 덧붙여 부각하지 말고
진심으로 이해하기로 하자

이제 후회도 없고 미련도 없으며
그 아픔까지도 추억의 책장에
아무렇지도 않은 듯 세워둘 수 있겠다.

당신은 나에게

눈을 감고 있어도

여전히
내 앞에 서 있다는 걸
내가 알 수 있음은
당신은 꽃을 닮았습니다

당신이
꽃을 닮은 까닭에
당신에게는 꽃향기가 납니다

당신은 나에게 그런 사람입니다.

등나무꽃

여기저기 봄꽃들 바람결에 떨어지고
여운 남은 상처 난 자리는
촉으로 메꾸어 아물게 한다

지난 꽃 풍경 아쉽다 노래하니
등나무는 기다리고 있었다는 듯
잠시의 머뭇거림도 없이
포도송이처럼 주렁주렁 꽃피워
만개를 이룬다

등나무꽃 넝쿨은
사월과 오월의 이음줄이 되었다.

감시카메라

긴장하지 않은
느슨한 너를 찍는다

이럴 줄 알았더라면
화장이라도 하고 나올 걸 그랬다

시계의 초바늘 따라잡기에만
급급했던 순간을 반성한다

조금의 여유로움으로
노면 위의 파란색 선
탐하지 말 걸 그랬다

차선 위반 과태료
이제 고액 과외비로 지출한다.

촌스러움에 걸맞은 미학

무언가를 갈망함은
그 욕망을
다 채우지 못해서일 테고

허전한 마음은
어느 마음 한쪽이
비어 있어 그렇겠지

이런들 어떠하며
저런들 어떠하리
인생은 요지경 속이다

해 저문 달빛 아래에도
봉우리 터트리며
만개를 이루는 꽃들이 있고

때 놓여 피는 장미꽃처럼
늦은 나이에 찾아오는
늦깎이 장밋빛 같은 사랑도 있다

촌티 나는 가면 이제는 벗어버리자.

러브레터

벌과 나비는 꽃들에
왜 그토록 집착하는 것일까

잠시 꽃들에 다가가 물어보았지

혹여 그들이 치근덕거리며 귀찮게 하여
때론 성가시진 않은지

꽃들이 웃으며 대답했다

그들은 집착하는 것도
치근덕대는 것도 아니라고

그저 사랑의 결실을 위해
러브 레터를 전해주는 우체부
중매쟁이들이라고.

허수아비의 꿈

논두렁길 밭두렁 길
나는야 가을을 지키는 허수아비

밤새 졸며 온 들판을 지켰건만
해님이 뉘엿뉘엿 서산 넘어가도
말 벗해오는 이 아무도 없다

여기 세워두고 가신 임은
그날 이후로 소식이 없고
매연 품어 내는 자동차만
내 꼬락서니 쳐다보며 비웃듯이 달려간다

밤이 오면 귀뚜라미 풀벌레 수다 엿듣다
그들마저도 스르르 잠들면
갈바람 등줄기 오싹하여 홀로 서 있음이
외롭고 무섭다

세월이 흘러도
여전히 남루한 누더기 적삼
비라도 내리는 날에는
지푸라기 몸은 더욱더 무거워진다

태엽을 감아 움직이는
장난감 다리라도 좋으니
우리도 논두렁 밭두렁 길을 걷고 싶다고
별똥별 보며 소망을 담아 기도해 본다.

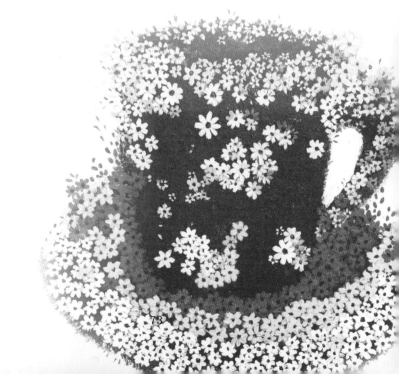

315번지

어느 것 하나라도 자세히 보면
예쁘지 않은 것이 없고

아무리 사소한 것일지라도
다시 생각해 보면
감사하지 않은 것 또한 없으며

아무리 나쁜 사람도
알고 보면
착하지 않은 사람은 없다

세상에 그 누구일지라도
귀하게 보면 모두가 귀하다

315번지 한 지붕 아래서 살아가는
너희들도 그렇다.

새빨간 거짓말

거짓말을 하면
코가 길어지고
입안에서 노란 연기 같은
입김도 나온단다

못 믿겠니?

그럼
엄마 말이 맞는지 안 맞는지
거짓말 한번 해봐

너의 두 눈으로
직접 볼 수 있을 거야.

엄마에게 속울음을 배우던 날

엄마의 눈에는 해가 뜨질 않는다
날마다 젖어있고 날마다 비가 내린다

엄마 울어? 라고 물으면
어젯밤 잠을 못 자 하품 나서 그렇단다

엄마 왜 울어? 라고 물으면
손등으로 눈을 비벼대며
눈에 티가 들어가서 그렇단다

엄마 왜 또 울어? 라고 물으면
아궁이를 불 지피다가
연기 마셔서 그렇단다

엄마 왜 또 그래? 라고 물으면
바람에 머리카락 날려 눈을 찔러 그렇단다

엄마는 늘 소리 없는 속울음만
그렇게 우셨다

어느 날
새벽 떨어지는 빗방울 소리에
잠에서 깼다

엄마 왜 울어? 라고 묻지 않았다
엄마의 기도 소리에서 속울음을 이미 배웠다.

꽃과 벌

벌들이 윙윙대며 날아왔다가
윙윙대며 날아간다

벌들이 떼 지어 왔다가
떼 지어 날아간다

키 작은 벌
키 큰 벌
털보 꿀 작은 벌
꽁지 매끈한 얌체 벌

잠시 쉬어가는 휴게소인 양 들렀다가
정류소인 양 잠깐 머물렀다 날아간다

쿡쿡 찔러 상처 내어 날아가고
살포시 앉았다 향기에 취하고 도망간다

꽃은 그들이 준 상처로 아프고 성가시지만
꼭 닮은 열매를 맺는다.

개구리 소년들의 애화(哀話)

봄이 오는 길목에 개구리 떼 울어대면
검은 머리 백발 되어 풀숲에 주저앉아
목청 쉬도록 꺼이꺼이 울고 있을
이름 모를 얼굴들이 떠올라 숙연해집니다

이제는 긴 세월 속에 이름조차 희미하여
야속하게 울어대는 개구리울음 서럽고
가물거리는 얼굴 애끓는 마음 다 녹아
단 하루만이라도 함께 하길 염원해 봅니다

그날 무서운 찰나를 놓쳐버린 까닭이
부모 자격 무능한 듯하여 가슴 아프고
통한의 주먹질을 내 가슴에 날려도
검붉은 꽃으로 핀 피멍마저도 미안해집니다

그날의 소년들은 누가 그랬을까
그들의 영혼이 꿈속에 파고들어 와 울고
해마다 봄에 개구리가 개굴개굴 울 때면
사진 속 웃고 있는 아이가 가슴을 후빕니다.

제목 : 개구리 소년들의 애화
시낭송 : 박영애
스마트폰으로 QR 코드를 스캔하면
시낭송을 감상할 수 있습니다

돌

돌 너도 나만큼이나
제멋대로 생겼구나

잘만 다듬어지면
꽤 쓸모 있는
돌이 될 텐데 말이지

그러나 생각처럼
잘 다듬어지지는 않지

사람들이 밟고 뭉개다 보면
언젠가는 세월 속에 부서지고 깎여
건축자의 꽤 쓸모 있는 돌이 되겠지.

세월이 지나간 흔적

추억 속 사진첩 뒤적이다 보니
여염집 아낙네 환한 사랑니 보인다

시간의 경계선을 거슬러
또 하나의 설렘을 품게 한 사람

세월의 강 저 건너편에 미완성작으로 남아
잊히지 않는 비밀번호 되새겨본다

곱씹어보면 등 돌려보낼 이유 없는 사람인데
뒷모습만 간직해야 할 사람으로 남아버렸다.

가면무도회

가면을 쓰고 무대 위에 서 있다
조그만 구멍으로 보이는 세상은
두렵지 않았다

수십 개의 조명등과 숨죽인 눈빛들은
작은 구멍 속의 악마를
들여다보지 못한다

가면을 쓰고 연기를 한다는 건
나는 적을 알지만, 적은 나를 모르는 법
짜인 대본 실수하지 않으면 된다

혼신의 힘을 다하여 몰입하면 할수록
박수와 갈채는 쏟아져 나오고
함성을 지를 때마다
가면 속에서 흐르는 땀은
양심의 골을 탄다

짜릿한 가면무도회에 도덕성은 무너지고
배고팠던 무명 시절이 회상되어
오감이 저려 온몸을 감는다

가면무도회가 끝나고
고향 하늘을 바라보니
허수아비가 내 가면을 쓰고 서 있었다

네 잎 클로버

너는
다른 친구들보다
하나를 더 가졌다

그런데도 겸손하여
너를 꼭꼭 숨긴다

이런 너를 찾아
오늘도 토끼처럼 길섶을 헤맨다

쉿, 이건 비밀인데
그런 너를 아직도 찾아다닌다.

네잎 클로버

이경아

너는
다른 친구들보다
하나를 더 가졌는데
그럼에도
깊숙한 속 하이에
꼭꼭 숨어 있는데
이런 너를 찾고 싶어
토끼마냥 풀숲을 헤맨다

이건 비밀인데
그런 너를

나..도…

이 시를 빌려서

잠시나마 너희들을 위해 꿈꾸며
함께 걸어온 길이 행복이었다

그러나 이제는 왠지 모를 두려움이 엄습하여
끝까지 못 갈 것 같은 불길한 예감은
파도처럼 밀려온다

이런 나를 이해하며 기다려 줄 수 있겠니
오래 기다리게 하진 않을게

조금 늦더라도 너와 나 우리
포기만 하지 말고 끝까지 함께 가자.

애물단지

디지털 신상 카메라 버튼 누르니
줌이란 놈 동공 초점 맞추어 내 마음 잡아당긴다.

금 모으기 한다는 소문에 장롱 열어
결혼 예물 딸아이 돌 반지 헐값에 카메라를 모셔 왔다

계모임 있던 날 친구들의 목과 손가락에
황금빛은 조명발에 더욱 빛나 보이고
집으로 돌아오는 내내 삭제시켜도 접속 불량
바탕화면 집착 모드 정지된 채 눈앞에 계속 뜬다

장롱 열어보니 지문 덕지덕지 꾀죄죄
디지털카메라 스마트폰 카메라에 밀려
구석기시대 문화 담은 유물 되어 있었다

네이버 창에 명품 금은보석 클릭
브랜드별 이미지 사진만 가득 담아
호시탐탐 지름신이 오시기만 기다리고 있다.

배꼽시계

내 고향 뒷동산에 오르면
할머니의 잔디밭이 있습니다

조식 걸치신 할머니는 잔디밭에 쪼그리고 앉아
노을 내려앉도록 잔디 씨를 훑습니다

광목 쌀부대 한 자루 채워지면 주둥이 꽁꽁 묶어
대구약령시 약전 골목으로 가십니다

잔디 씨는 황금알을 낳은 듯 쌈짓돈 되어
전당포 손목시계 앞에서 멈춥니다

할머니는 당신의 배꼽시계 굶겨가며
손자 손녀들 손목시계를 장만하셨습니다

산수책에서 움직이지 않던 시곗바늘들
내 가느다란 손목 위에 재깍재깍 움직입니다

할머니의 잔디밭은 매년 풍년 일고
손목 위에 초시계도 여전히 움직이는데
내 배꼽시계는 왜 이렇게 허전한지
오늘따라 할머니가 고파 눈물로 허기 달랩니다.

제목 : 배꼽시계
시낭송 : 박영애
스마트폰으로 QR 코드를 스캔하면
시낭송을 감상할 수 있습니다

개망초 몽상

봄을 기다리며 세상 가득 꽃받침 세워
계절 담 넘어오던 풀꽃 새싹들을
연탄재 무게 실어 발로 마구 밟았던 시절
가만히 돌이켜 생각을 해보니
나도 똑같은 괴물 본능 인간이었습니다

겉치레만 사랑한다 어루만진 적 없고
달콤한 알갱이 혀끝으로 적신 적 없는데
모가 난 우정은 너덜너덜 낡고 헤져
계절을 쓰다듬던 여린 마음은
짜깁기 할 여유도 없이 가난했습니다

세월의 강을 건너 다시 돌아 온 봄은
우리의 재회를 그리움으로 재촉하고
이르게 핀 한아름 개망초 꽃 안고서
곱게 수놓은 꽃길 걸어 봅니다.

오래된 미래

꿈꾸던 희망 길
세월 속에 멈추어 버렸다

골동품이 되어버린 너
물안개 속 더듬어 추출하려니
퇴색된 곰팡이와 먼지가 걸림돌 되어
거룩한 부담감으로 고개 숙인다

얼마나 시간이 흘렀을까
고도(孤島)에 홀로 앉아 미래가 울고 있다

월계수 입술에 물고 바닷새 날아와
상념 속에 잠겨 있는 허한 손 희망 준다

오래된 미래여!
우연이 아닌 필연으로
남은 여정 추썩거리는 우산걸음일지라도
소박한 풀꽃 만찬 날마다 노래하고 싶다.

제목 : 오래된 미래
시낭송 : 박영애
스마트폰으로 QR 코드를 스캔하면
시낭송을 감상할 수 있습니다

묘한 감정

요술램프가 내 손에 들어온다면
램프 닦으며 하늘이 거울 되기를
소원 빌어보겠다

그러나 이제 그럴 필요가 없어져 버렸다

그대 이름 세 글자를 검색하니
어디서 무엇을 하며 사는지
훤히 들여다보인다

차라리 거울을 보지 말걸 그랬다

안부 그리워 궁금할 때보다
습관처럼 자꾸 들여다보게 되어
그리움이 하나씩 허물어지고 있다.

제목 : 묘한 감정
시낭송 : 이경애
스마트폰으로 QR 코드를 스캔하면
시낭송을 감상할 수 있습니다

측은지심 (1)

어디서부터 잘못되었을까
어디서부터 고장이 난 걸까
어디에서부터
어떻게
잘 못 맞추어진 것일까

차라리
잘못 짠 털옷이라면
한 올 한 올 다시 풀어
고쳐 짜 보기라도 하지

그럼 바라보는 눈이
이토록
안타까워하지는 않았을 것을.

측은지심(惻隱之心) 2

슬픈 전설을 품고 오롯이 피어난 너와 나는
나지막하게 누른 고단한 아픔이
땅속 울타리까지 닮았다

여린 꽃잎 위에 맺혀있는 이슬방울은
애끓음이 맺혀도 훔쳐내지 못하고
속으로 스며들며 알싸하게 사무친다

해마다 봄이면 늘어가는 촛불에
아비 마음 한없이 슬프다
멀리 있어도 너의 향기는 짙게만 다가오고
되돌릴 수 없는 그리움에 술잔을 기울인다

한잔 술은
못난 아비의 사죄하는 마음의 잔이요
또 한잔 술은
복수초 꽃잎 터지던 날 태어난 너의 생일 잔이며
또 한잔 술은
아비 가슴속에 평생을 묻고 사는
딸아이에 대한 그리움의 잔이다

석 잔 술에 측은지심 길들여진 듯하여
오늘따라 복수초가 유난히 비틀거린다.

제목 : 측은지심 2
시낭송 : 이경애
스마트폰으로 QR 코드를 스캔하면
시낭송을 감상할 수 있습니다

새침데기 봄

감칠맛 나게 유혹하는 봄
침샘 자극하여 입맛만 돋운다

하루가 다르게 물오른 옥화는
기다리는 마음 환장하겠다

날 바지라도 해 놓았으면
점지한 그날을 위해 언덕을 수놓을 텐데
부풀어 올라 터지기만 애 마른다

담벼락 기대선 목련은 새봄 맞아
한 송이 꽃잎만 겨우 펼쳐
수줍음이 새하얗다.

마침표

도심 비켜선 고갯길 넘어
아카시아 팝콘 터트릴 무렵
당신의 웃음소리 영원히 잠들었습니다

아쉬움과 후회는 상념의 늪에 빠져
식어 가는 열정 흔들어 놓겠지만
남은 자들을 위해 일어나 걸어야겠습니다

봉숭아 꽃잎 따다 손톱에 물들였던 날은
오래도록 가슴속에 염원하기를 빌며
아련한 추억 하나 안녕이라고
마지막 인사를 찍었습니다.

공갈 이어폰

부엉이들의 외로운 날갯짓도 잠들면
초점 풀린 초야도 꿈나라로 간다

밤하늘 별들은 보초 서다 졸고
붙박이별 잠꼬대에
습관처럼 귀에 이어폰을 꽂는다

그리고 전원을 켜지도 않는 휴대폰의
음악을 듣는 척한다

생각 창고에선 무음의 음악과 함께
꼬리 문 넋 나간 사연들 미간에 모아
볼륨을 높여 내일을 감상한다

어느 날 무심히 귀에 꽂은 공갈 이어폰
접근 금지 방해 모드 설정
나만의 카페가 되어주었다.

초가집

눈을 감으니 퇴색된 그리움 하나
초가집이 보여요

할머니가 머물고 계셨던 초가집은
유일한 주전부리 아지트에요

초가집 안방 화로에는
할머니의 군밤이 묻혀있어요

할머니는 알밤을 노릇노릇 구워
손주들 입속에 쏙쏙 넣어주셨어요

추억 속에 입안 가득 군침이 돌아
군밤 앞으로 입 벌리고 다가가 앉아요

초가집도 군밤도 눈앞에 있는데
우리 할머니만 보이지 않네요.

달맞이꽃

한 송이 꽃을 피우기 위해
오랜 목마름 다 참아내었다

모두가 잠든 새벽이슬 떨어지는 소리에
움츠렸던 노란 날개 힘차게 기지개를 켰다

너를 꽃이라 이름 불러 보기도 전에
해가 떴을 땐 이미 꽃잎은 시들었다

짧은 만남 긴 여운
기억조차도 없는 입맞춤
그리운 빗물로 가슴 아프게 묻었다.

멋있는 반칙

어제까지만 해도 해맑아 웃던 그녀가
이른 아침 비를 잡은 손과 낯빛은
그늘져 있다

뒷산 돌밭 결명자 고랑 타느라
새벽이슬 밟았는지 걸음새도 눅눅하다

길게 토해내는 한숨 소리는
속으로 삼키려 해 보지만
또렷하게 귓가를 불편케 한다

이런 저릿한 아픔 남기고 간 당신은
겨울 바다 철썩대는 파도 소리에
머릿속까지 힐링하고 있음을 살짝 커닝했다

바다가 만약 내 맘 1이라도 알아준다면
파도치는 척 은근슬쩍
짠물을 뒤집어 줬으면 좋겠다

돌아오는 계절에는 그녀의 입술에
널브러진 측은지심 새순 돋아나
꽃잎 물고 우리들에게 와 주었으면 좋겠다.

제목 : 멋있는 반칙
시낭송 : 박영애
스마트폰으로 QR 코드를 스캔하면
시낭송을 감상할 수 있습니다

이젠 공소시효가 지났습니다

아득히 먼 어느 봄날
땅 꽃 민들레를 보고 첫눈에 반했다

사람들은 그를 보고
바닷가 뱃사람 닮은 해당화라 놀려댔지만
적어도 내 눈에는
동산 위의 왕자님 테리우스 장미 같아
설익어 풋내나는 영혼을 빼앗겨 버렸다

늦은 봄 그 야생 민들레
홀씨 수놓은 망태 메고
바람 장수 따라 기약 없이 길 떠났다

나의 사랑 어여쁜 자 가슴에 남아있는 임은
지금 어느 하늘 아래 뿌리내려
알콩달콩 꽃피우며 살아가고 있을까?

이제 공소시효가 지나버린 까닭에
외사랑의 미련도 추억도 아련하여
마침표를 찍을 수 있을 것 같아 자유롭습니다.

이젠
공소시효가
지났습니다
이경애

아득히 먼 어느 봄날
  땅꽃 민들레를 보고
  첫눈에 반했다

    사람들은 그를 보고
    바닷가 뱃사람 닮은
    야생화 민들레라 놀려댔지만

  적어도 내 눈에는
  들장미 소녀 캔디의
    테리우스를 닮은 듯하이
    풋내나는 설익은 내 영혼을
    빼앗아 버렸다

  늦은 봄
  그 야생 민들레
  홀씨로 수놓은 망태 메고
    바람 장수 따라 길 떠났다
  기약도 없는 그 길을,

  가끔씩 어느 하늘
  어느 먼 곳에서
  연을 벗고 살아가고 있을까
  내 사랑 내 예쁜 자
  내 민들레.

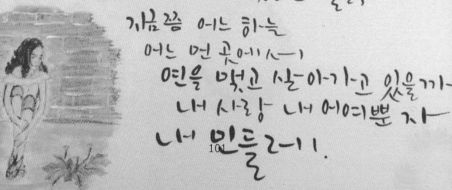

어려운 대답

바람과 구름이 온종일 따라다니며
도대체 너의 진심은 뭐냐고 물어옵니다

글쎄요 진심이 뭘까요
진심이란 게 있긴 한 걸까요

그 진심이 뭔지 몰라
팔공산 휴양림 짙은 어두움 속에서
멍하니 웅크리고 앉아 별을 셉니다

저 별들 다 세면
그 진심이 뭔지 깨달아질까요

여명은 서서히 밝아오고
어려운 대답 찾지 못한 채
태양은 피곤한 채 또 떴습니다.

제목 : 어려운 대답
시낭송 : 박영애
스마트폰으로 QR 코드를 스캔하면
시낭송을 감상할 수 있습니다

계절 갈이

낙엽 쌓인 길
바스락바스락 발밑이 즐겁다

너 재미있니
귓가에 속삭이듯 질문해 보았다

찬찬히 땅을 내려다보니
널브러진 나뭇잎들 갈바람에 슬피 운다

알록달록 곱게 물들여 재롱 보려니
이내 떨어져 이리저리 나뒹군다

나뭇잎은 떨어질 때
아프기도 하고 간지럽기도 했겠지

가을바람이 입김 모아 불어주나
계절 갈이 앞에선 위로되지 않는다.

감기

반갑지도 않은 손님
불쑥 찾아왔다

초대한 적도
허락한 적도 없는데
이미 몸속으로 비집고 들어와
두리번두리번 자리 잡고 앉으려 한다

이 또한 사생활 침범
인권 침해이지 않나 하여
고소하려니 마땅한 죄목이 없다

그가 달갑지 않음이 몸이 먼저 감지해
나른해지는 몸 누울 자리만 찾고
골머리 띵하여 온몸이 후끈댄다

몸살감기
나이가 들면 들수록
나는 네가 가장 무섭더라.

제목 : 감기
시낭송 : 이경애
스마트폰으로 QR 코드를 스캔하면
시낭송을 감상할 수 있습니다

연화정에서

봄 햇살 쏟아져 내릴 무렵
아지랑이 가물가물 피어오르던 날

홀연히 다가온
낯선 그리움 한 조각

그날
그 풍경
그 찻집

마주했던 찻잔이 그립고
주고받았던 눈웃음의 담소가 갈바람에 흔들린다

추억을 스케치하여 뒤로 밀치니
분홍빛 은은함으로 더 선명하게 다가온다.

바늘귀

언제부터 바늘귀가 두 개였던가?
내가 알고 있는 바늘귀는 분명 한 개였었는데
우리 할머니 살아생전 바늘귀에 실 꽂을 때도
바늘귀는 한 개였다

나 시집가기 전날
우리 엄마 버선 수놓을 때도
바늘귀는 한 개였다

세월이 흐르는 동안 바늘귀도 새끼를 쳤나
아들 바지 기장 줄이려고 바늘귀를 들여다보니
바늘귀가 서너 개 요술을 부린다

실 끝에 침을 바르고
손끝으로 돌돌 말며 점을 친다

어느 바늘귀가 진짜일까요
뒷집 할머니에게 물어본다

바늘귀는 여전히 두세 개
아슴아슴하기만 하다.

사랑

나 무언가를 다시 그려야 한다면
그때도 너를 그리고 싶다

나 무언가를 다시 또 써야 한다면
그때도 여전히 너를 쓰고 싶다

1도 여유 없는 여백도 빼곡히 채우며
아파했던 찰나의 시간도 많았지만

그리고 찢고 다시 또 그리고
쓰고 지우고 또다시 쓰며 눈물 흘려도

세상에서 제일 해 볼 만한 것은 그래도
아름다운 사랑밖엔 없다.

변명

너무 많은 말을 하지 말자

구구절절 나열하다 보면
정리가 안 되고 모양새만 빠지니까

우리 조금 망가지더라도
인정하는 게
더 사람답지 않을까

이 또한
변명 같지만 말이야.

빛바랜 사진 속 그대에게

떠나가 버린 당신을 위하여
해줄 수 있는 것은
오래도록 당신을
기억해 주는 것으로 생각해 봅니다

당신을 잊은 채
먼 산을 바라본 날에는
당신을 향했던 마음이 아련하여
다시 한번 추억을 더듬어봅니다

내가 너무 행복하면
당신 마음은 아리도록 슬플 것 같아
행복을 아주 조금만 포기하겠습니다

미련만 오롯이 남겨두고 가신 임이시여
당신이 보고 싶을 땐
빛바랜 사진 속 당신 모습 떠올리며
행복 한 끼를 금식하겠습니다.

이 뜸 다 들면

냇가에 멱 감던 아이들도
방망이질해 대던 아낙네들도
쟁기로 논밭 갈던 일손들도
뿔뿔이 흩어지면

어느새 초록 연가는 마침표를 찍고
파릇파릇하던 풀잎들과
싱그러웠던 들녘은
해 저무는 노을에 익어간다

높고 청명한 가을 하늘
강물 위에 쏟아져 내려앉은 윤슬
내 고향 가을밤도 꼭 이랬다

지금은 뜸 들이는 시간
밤새 이름 모를 풀벌레 소리에
사르르 타닥타닥
가을은 뜸 들이며 날마다 익어간다.

때 이르고 설익은 가을밤

가을이라 하기엔
아직은 여기저기에서 풋내가 난다

설익은 감
설익은 대추
설익은 곡식들
온 들판이 설익어 그저 풋내만 날 뿐이다

물이 덜 오른 단풍놀이를 하러 가기에도
눈부신 청명한 하늘에 고독을 띄우기에도
시몬 그대를 불러 시를 한 수 읊기에도
아직은 정녕 이른 것인가

분위기 몰입하기에
늘 한 박자 느린 내 감수성을 탓하며
저물어 가는 여름 끝자락에서
이마에 흐르는 허한 땀 씻어내리고

때 이르고 설익은 가을밤
가을 초입부터 창가에 걸터앉아
풀벌레들의 노랫가락에 외로이 젖는다.

그리움

그리움에도 색채가 있다면
여운으로 남아있는 그리움은
파스텔톤의 은은함이리라

그리 강하지도 않고
그렇게 화려하지도 않은
빛바랜 듯한 아련함

수줍은 듯한
부드러운 그 느낌이
한 폭의 그리움이 되어
파스텔톤처럼 점점 번지며 다가온다.

기본 바탕색 중에서

비바람이 거세게 몰아치면
강물은
함께 요동하지 않고
오히려 침묵한다

아마도
잔잔하게 기다려줄 줄 아는
보다 깊고
보다 넓고
보다 푸른
강물의 배려심일 것이다.

친구에게

친구야
너 그거 아니
우리 흰머리가 한 둘씩 한둘씩 자꾸자꾸 늘어감은
유유히 흐르는 세월 속에서
머리카락도 서서히 물들어가고 있었을 거야

그러니 친구야
흰머리가 자꾸자꾸 생긴다고
우울해하거나 너무 서글퍼 하지는 말자

우리 몸은 오래전부터
이미 세포 그 어딘가에서부터 변하고 있었는데
너와 나 바삐 살다 보니 인지를 못 하다가
이제야 몸의 변화를 느끼게 된 걸 거야

친구야
너와 내가 흰머리가 생겨나서 얼마나 다행이야

애 키우면서 일하며 정신없이 달려온 삶
이제라도 느끼게 되었으니 말이야
삶의 사치 되지 않을 만큼만
조금의 여유를 누리며 살자

친구야
우리 꽉 동여맨 삶의 허리띠를 조금만 풀어
다시 오지 않을 우리 인생을
맛있게 잘 익혀 구구팔팔이삼사 하자구나.

마지막 잎새

그 누군가에게

마지막 불쏘시개로

희생돼야만 한다면

마지막 남은 사랑은

너희들에게

아낌없이 주고 싶단다.

마지막 온정

이경애

그
누군가에게
마지막 불쏘시개로
희생되어져야 한다면
마지막 남은 사랑을
기꺼이
너희들에게
아낌없이
주고 싶단다

11월의 정원

11월의 정원은
한바탕 시끌벅적한 축제가 끝난
텅 빈 운동장에 코끝을 스치는 애벌 바람이
모레를 쓸고 지나가는
그림자 물든 엷은 잿빛이라

그렇게 도도함을 자랑했던 장미의 순정도
대궐 마님의 우아한 자태의 수국도
옛 동무 닮은 듯한 향수의 과꽃도
어미의 탱탱한 젖꼭지 닮은 대추 알도
더는 볼 수 없다

나비도 벌들도
고추잠자리 떼들도 어디로 갔는지
짓궂은 사내 손길처럼
옷깃 속으로 파고들어 오는 바람만 서성인다

11월의 정원은 쓸쓸한 꽃들만 피어
낯선 외로움이 찾아와
내리쬐는 햇살마저도 낭비처럼 느껴질 만큼
허하며 가난하다.

제목 : 11월의 정원
시낭송 : 김락호
스마트폰으로 QR 코드를 스캔하면
시낭송을 감상할 수 있습니다

키 작은 코스모스

갈바람에 하늘거리는
키 작은 코스모스
어느 꽃중년의 시선을 사로잡았다

찬찬히 다가가
물끄러미 바라보니
허리가 구부러진 흔적이 보인다

지난날 꽃샘바람
꽁지 내려 도망치다
어린 코스모스 허리를 밟고 갔나보다

이 아이 그 아픈 통증
어떻게 견뎠을까

이 아이 그 뜨거운 태양은 또
어떻게 견뎠을까

그 고통 고스란히 이겨낸 키 작은 코스모스
또래들과 갈바람에 웃는 미소가
오늘따라 유난히도 사랑스럽다.

제목 : 키 작은 코스모스
시낭송 : 이경애
스마트폰으로 QR 코드를 스캔하면
시낭송을 감상할 수 있습니다

촉

내 남자에게서
낯선 여자의 야릇한 향기가 난다

이미 바람으로 온통 휘감겼나
거울 앞에 서는 시간이 더 잦아졌다

속옷과 넥타이에 변화를 주며
전화기는 손바닥 위에 올려 눈을 떼지 않는다

비밀번호 패턴이 자주 바뀌고
통화 시간 문자 내용의 이음새가 허접하다

방문을 열면 화들짝 놀래며
말을 더듬기도 하고 물어보지 않은 이야기를
설레발치기도 한다

하루의 스케줄이 바빠졌다며 시선을 피한 채 구시렁댄다
식탁 앞에서 수다스러워지고 홍조 띤 화색이 활짝 피었다

당신 없이는 못 산다며 영혼 없는 말을 해대고
다시 태어나도 당신을 또 만나고 싶다고
안심도 시켜준다

그런데 참 이상도 하지
촉이 말이야
내 남자에게서 비밀이 생겼다는 냄새가 나는 건 왜일까?

그 사람 답글

사랑이 아름답다는 것을
나 또한 늦은 나이에 알았습니다

속울음이 깊어도
해 질 무렵 찾아온 사랑이기에
오롯이 견딜 수 있음을 이 또한 알았습니다

헛헛한 마음에 사랑이 찾아와
웃는 얼굴이 되었고
머릿속을 스쳐 가도 향기는 여운으로 남습니다

사람을 좋아하는 일로 기쁨이 되고
이루어질 수 없는 사랑은
더 그리워지나 봅니다

추억 속에만 있는 사람을 잊지 않고 사랑하는 일은
죽는 날까지 영원한 과제물 같습니다.

이제야

가을이라 하기엔 너무 많이 흘렀나

나의 분주하고 바쁜 일상 가운데
물들어가는 나무들을 바라보며
들녘에 익어가는 곡식들을 바라보며
그저 그렇게 바쁘게 살다가

이제야
가을 풍경이 한 폭의 그림처럼
시야 속에 가득 들어온다

이미 코스모스는 씨앗만 남겨두고
다 떠나버렸고
수줍게 망울져 향기 가득 머금고 있던
국화꽃 봉오리는
내 나이만큼이나 활짝 펴 만개를 이룬다

문득 단풍 구경 가고 싶다는 생각과
한적한 오솔길 낙엽 위를 바스락바스락
이제야 걷고 싶다.

제목 : 이제야
시낭송 : 이경애
스마트폰으로 QR 코드를 스캔하면
시낭송을 감상할 수 있습니다

저 낙엽 다 어쩌누

한때는 땀 식혀준
무성하고 심성 좋은 나무 그늘이었는데
이제는 밤새 신음에 한숨짓게 하는
애송이 낙엽이 되어버렸다

수분 메말라 맥없이 떨어져
바람에 나뒹구는 낙엽을 보며
마냥 시만 읊어 대는 부끄러운 시인을 본다

낙엽 쓸어 담는 빗자루 끝에서
한 번도 대면한 적 없는 그들의 식솔들도 보인다

저 낙엽 다 어쩌누
빗자루 밑이 보이지 않을 때까지
돌아서 온 발걸음은 멍에 진 듯 무거웠다

세찬 바람 한번 불어
저 낙엽들 모조리
다 떨구어 버렸으면 좋겠다.

만송정 숲에서

벗나무 오솔길 따라
도포 자락 긴 그림자 밟으며
꿈같은 하룻길을 도란도란 걸었다

만송(萬松)은 예상하였을까
느닷없이 들이닥친 손을

해가 둥지 향해 간당간당 넘어갈 때
아쉬운 듯 솔방울이 툭툭 발길질한다

사랑 좇고 싶은 부리는 빨갛게 물들고
파르르 떨리는 날개를 나란히 포갠다

만송정 숲에서 짧은 만남은
솔잎 떨어질 무렵 연기처럼 흩어지고 말았다.

설날 조반 스케치

음력 정월 초하루
해님보다 더 먼저 깨어 명절의 아침을 맞는다

창을 열어 희뿌옇게 드리워진 새벽의 적막을 걷으니
코끝에서 몸속으로 들어오는 공기가
봄나물처럼 상큼하게 목젖 가득 식도를 타고 내려가
흥얼흥얼 노래가 된다

바람은 차지만 하늘 가득 까불대는 바람이
이미 어린 봄바람이며
먼 산 아래로 밥상 밀쳐놓듯 밀어놓은 겨울은
떠나기에는 미련이 남았을까
웅크린 채 쓸쓸히 고개를 떨구고 앉아 있다

아니 내년을 위한 기약의 기도를 드리고 있다고
때 묻은 영혼이
부족한 시력을 열어 긍정 표를 던져 본다

유난스럽게 추웠던 겨울만큼
올해의 명절이 춥게 느껴짐은 왜일까
금호강의 얼음 두께만큼 마음도 얼어
쩍쩍 갈라져 아프고 저리다

시리고 춥고 아픈 마음에
눈 녹듯 녹여줄 따스한 떡국 한 그릇으로
얼어붙은 마음에 용서와 화합의 밥상을 올린다.

아들을 향한 애가 (1)

내 사랑 내 어여쁜 자여
우리가 너무 늦게 만났구나
이렇게 예쁘고 사랑스러운데

너와 나
해뜨기 전 새벽 미명에 만났으면
얼마나 좋았을까
해가 중천에 뜬 지금에야 만나
아쉬움만 늘 자리를 매김 한다

내 사랑 내 어여쁜 자여
이렇듯 너와 나 늦게라도 만났으니
주어진 소꿉 시간을 행복하게 살며
예쁘게 여미어 가자

단 하루의 소꿉을 산다고 하여도
너와 나의 하루는
인생 중 낮이 가장 긴 하지 같은 소꿉이길
너와 나의 하루는
인생 중 밤이 가장 긴 동지 같은 소꿉이길

내 사랑 내 어여쁜 자여
너와 나 주어진 광야 길을
해가 뉘엿뉘엿 넘어가도록
살 같이 빠른 세월을 여유롭게 산책하자
오랫동안 그렇게 그렇게

내 어여쁜 자!
내 뜰의 꽃이여!

아들을 향한 애가 (2)

여자인 내 몸에서 네가 태어나던 날
내 몸에서 아들을 낳았다는 신기함이
아픔보다 더 컸다

너도 남자라고 계절이 무르익어 물이 오르듯
세월 따라 남자의 향기가 느껴진다

새벽에 어미의 본능과
이성에 끌리는 아들에 대한 사랑이
너를 내 품속으로 끌어안는다

사랑하는 아들
너의 몸에 코를 대고
너에게서만 나은 특유의 향기를 마신다

가슴으로부터 전하여지는 그 무엇
사막에서 맹수를 이길 만큼의 든든함
그 무엇으로도 널 표현할 방법이 없다

사랑한다 아들아!

모월 모일

바람의 길을 따라 모모에게로 간다

애써 찾아가지도
아니 붙들려 가는 길도 아닌
불어오는 바람이 등을 밀어서라고
작은 변명 하나 늘어놓아 본다

모모에게로 가는 길
그렇게 하다분하지 만은 않았다

민들레 홀씨처럼
자유의 몸으로 비상(飛上) 할 수 없기에
단 몇 초의 만남이었을지라도
소홀히 여기지는 않겠다

모모에게 석별의 정 두고 오는 날에는
평생을 함께했던 연인처럼
오래도록 기억에 담아둘 사랑 하나쯤은
주머니 속에서 만지작거려졌으면 좋겠다

모월 모일에 만난 모모
너도 그랬으면 좋겠다.

제목 : 모월 모일
시낭송 : 박영애
스마트폰으로 QR 코드를 스캔하면
시낭송을 감상할 수 있습니다

오월의 바람

싱그러운 햇살 가득한 오월!

오월의 바람은
바다로 내몰기도 하고
산으로 끌어당기기도 하며
먼 하늘을 바라보게도 한다

오월의 바람은 단단하여
강하게 휘감아 돌리기도 하며
세차게 밀쳐 내기도 하여 아프게도 한다

오월의 바람은 철새가 되어
연이 닿지 않는 곳으로
깃털만 남긴 채
훨훨 날아가 버리기도 한다.

뜬 밤

밤새 별빛 거리를
정처 없이 서성거린다

저 별은 예쁜 이모네일 샵
저 별은 꽃보다 남자 미용실

저 별은 향 초롱 새초롬 카페
저 큰 별은 임 유혹하는 백화점

이제 적응할 법도 한데
아직도 둥지를 이탈하면 뜬 밤을 보낸다

난 언제쯤이면 뻐꾸기 둥지에서
평안히 날개를 쉼 할 수 있을까?

당신이 잠든 사이에

혹독한 추위 속에
내 마음에 씨앗 하나 데구루루 굴러와
싹이 났어요

내 마음이 따뜻한 탓일까요
이내 싹이 나더니
수일 만에 다 자라 버렸어요

처음엔 잡초인 줄 알았는데
작은 봉오리가 맺히더니
바람을 닮은 꽃을 피웠네요

온실 안에서 자라나 있는 생명
조금 더 튼튼하여지라고
햇빛과 바람이 들어오도록
창을 살짝 열어 놓았어요

나도 몰래 잠시 잠이 들고
혹독한 겨울바람에 여린 순 이겨내지 못하고
추위에 그만 얼어버렸네요

골든타임 늦어 버렸나
시름시름 앓더니 끝내 일어서지 못하고
죽어버렸어요

다시 봄
마음에 씨앗 하나 찾아온다면
다시는 얼려 죽여 버리지는 않을 거예요

튼실하고 건강하게 아주 이쁘게
잘 가꾸고 잘 키워
꽃도 보고 열매도 보고
오래도록 내 곁에 두겠어요.

아직 못다 한 이야기 (1)

봄이 왔다
내 안에 있는 정원을 둘러보며
재정비하고 수리한다

그러나 여전히
마음이와 깜빡이는 아프다

아름다운 자연 싱그러운 햇살
가슴을 정화시킬 만큼의 신선한 공기가 있음에도
단 한 사람이 외면하여 아프다

그 사랑이 우주보다도 더 큼을 찍으며
인연이라면 언젠가는 또 만나지겠지
그때는 비밀정원을 꼭 보여주고 싶다.

하중도의 봄

올망졸망 옹기종기 유채꽃
봄바람 손놀림 노란 물결 이룬다

하중도 인파 속 꽃 파도칠 때면
유년 시절 소꿉 살던 버들 숲이 생각난다

푸성귀 유채 전에 노란 꽃밥 한 그릇은
그림자 따라 자랄 동안 동심 배를 불렸다

하중도 암수 벌들 윙윙대며 짝을 지어
신접살림 채울세라 날갯짓 바쁘다

노총각 강바람 심술 난 발길질에
놀라 웃는 소리는 부러움에 그만 졌다

눈치 없이 눌러대는 셔터에 볼 빨개져
또 다른 꽃방 찾아 날아오른다

길 건너 쑥쑥 오른 칼 수염 청보리
이루어질 수 없는 사랑 애끓음에 익는다

하중도 유채꽃 청보리밭 길 거닐며
내게도 그런 사랑 하나쯤은 있었으리라 생각하면서
솟대 부리에 안부 물려 그리움 연서 띄운다.

제목 : 하중도의 밤
시낭송 : 박영애
스마트폰으로 QR 코드를 스캔하면
시낭송을 감상할 수 있습니다

아직 못다 한 이야기 (2)

봄이 오면
프리지어 꽃향기에 함께 취해
영혼을 교감하고 싶었다

추위가 녹은 강가에 서서
저 물어가는 노을을 바라보며
어깨도 빌리고 싶었다

동백꽃 봉오리 터지는 날에는
올레길을 걸으며
손깍지 끼고 나란히 걷고 싶었다

벚꽃 층층이 수놓아 만개를 이루면
꽃비를 맞으며
사랑을 노래하고 싶었다

샛노란 개나리꽃들이
너울 드리우듯 굽이굽이 필 때면
등 뒤에서 나를 포근히 안아
입맞춤해달라 보채고 싶었다

소망하던 봄이
선물로 포장되어 왔다

아직 풀어보지도 않았는데
이미 그는 떠나가 버렸다

아직 못다 한 이야기만
가득 남겨둔 채로….

아직 못다 한 이야기 (3)

그대여
당신의 마음의 뜰에도 봄이 찾아왔나요

내 마음의 뜰에는
온통 봄빛으로 가득 차 수를 놓고 있답니다

옷깃만 스쳐 간 인연이라 하기엔
이름 석 자 남긴 골이 너무 깊어
못내 잊고 싶지 않은 낮도깨비 같은 사람

먼 길 굽이굽이 돌고 돌다가
지치고 힘이 들거든
내 마음의 뜰로 다시 날아오세요

아직 생에서 못다 한 이야기가 너무 많이 있어
그대에게만큼은 속마음을 들려주고 싶습니다.

내 인생의 멋진 어느 봄날

함박꽃으로 만개한 벚꽃 사잇길로
영화의 한 장면을 촬영하듯
주인공처럼 멋있게 질주해 본다

지붕이 오픈된 멋진 스포츠카도 아니고
화려하게 옷을 차려입고 곱게 화장하지 않아도
기분이 날아갈 듯 주인공이 되어 본다

어차피 내 멋에 사는 인생
나에게 주어진 하루
내 인생의 주인공은 바로 나니까

굳이 영화 제목을 붙여 본다면
내 인생의 어느 멋진 봄날이라 하자.

아직 못다 한 이야기 (4)

어느 해 동지 새벽 첫차를 타고 길 떠나는
어린 여식의 뒷모습을 바라보며
장독대에 서서 어미는 눈물을 훔치셨다

어린 송아지 우시장에 팔려 갈 때
저항하지 못한 채 현실을 바라볼 수밖에 없는
어미 소의 심정과 엇비슷하려나

어미 소는 젖이 불어오자
그제야 생각나는 듯
젖을 빨아야 할 송아지를 본능적으로 부른다

어린 송아지도 목마르고
끼니 축여야 할 시간이 되자
어미 소가 문득 그리워 흐느낀다

그해 겨울
부모 품만 벗어나면 자유의 날개 겨드랑이에 채워
세상을 훨훨 날 수 있을 것만 같았다

열악한 환경 지긋지긋한 가난
못난 배경 모두 떨쳐 버리고
진정 양아치로 거듭나고 싶었다

철없던 여식은 불혹을 훌쩍 넘었고
눈물 훔치던 어미는
허리 구부러진 할미꽃이 되었다

어린 여식은 그날을 잊었어도
허리 구부러진 어미는
해마다 동지가 되면
흰쌀 불려 팥죽을 끓이신다

새알을 손바닥에 올려놓고 동글동글 돌리다가
어느새 가속도는 붙고
눈물이 핑 돌아 앞을 가로막는다

해마다 동지의 팥죽 한 그릇은
사약처럼 느껴지며 껄끄럽게 넘어간다.

오래된 미래

이경애 시집

2023년 3월 23일 초판 1쇄
2023년 3월 27일 발행
지 은 이 : 이경애
펴 낸 이 : 김락호
삽   화 : 이경애
디자인 편집 : 이은희
기 획 : 시사랑음악사랑
연 락 처 : 1899-1341
홈페이지 주소 : www.poemmusic.net
E-Mail : poemarts@hanmail.net

정가 : 13,000원
ISBN : 979-11-6284-441-0